반쪽 눈으로 보는 세상

반쪽 눈으로 보는 세상

박수여 시집

문학시티

● 시인의 말

발가벗은 속내를 내보인 듯 부끄럽다

반쪽 눈으로 보는 세상
반쪽 눈으로 보이지 않는 세상
살아볼 만하다
오늘 같은 날이 있지 않은가?

버팀목이 되어주는 딸과 김서방 개구쟁이 손자 종훈, 종원이
그리고 아들 태희가 있어 든든한 삶. 고맙다.
미스터 트롯 권무필 등장하여 축하의 노래 부르고…

부족한 저에게 많은 관심과 사랑을 주신
모든 분들과 이 기쁨을 같이 하고 싶다.

2020년 여름 끝자락에서
梅根 박 수 여

차례

2부 엘피판에 얹힌 그리움

3부 내면의 주인공

4부 당당했던 젊음 간 곳 없고

5부 소소한 일상

1부

봄은 오고 있는데

봄이 오는 길목이다

새색시 옷 벗듯 한 겹 한 겹

늙은 여우 조용히 수선 피운다

새해를 맞으며

경자년
새해가 밝았다
떠오르는 아침 햇살에
새로운 꿈과 희망 담는다
지혜로운 생각
따뜻한 마음속에서 떠오른다
우리 사회 2019년 갈등의 해에서
2020년 화해의 해로
위아래 격의 없는 대화로 이웃과 소통하고
정치는 권력보다 국민의 경제를 먼저 생각하고
진심으로 서로를 사랑하며
민초의 작은 말 한마디에도 귀 기울인다
북미와 남북의 갈등 비핵화로 풀고
너와 나 우리의
밝은 눈빛으로 현실과 미래를 바로 본다
행복은 둥근 해처럼
우리 모두 이롭게 하는
환한 미소 밝은 햇살로 우리 곁으로 다가온다
번영과 비약의 해

하얀 쥐띠 해 2020년
무궁한 발전을 향하여 파이팅!

* 안산신문사 2020년 1월1일 신년시

좌구산* 구름다리

경자년 새해
구름다리 위로 아들과 함께 걷는다
초저녁의 고요가
생각의 깊이를 더하는 긴 구름다리
아들 휘청걸음에 출렁출렁
아찔아찔하고 심장이 쫄밋거린다
오랜만에 느끼는 장난기
무서움보다 앞서 웃음이 나온다
추억을 만들어 가는 순간
건강과 장수를 상징하는
거북이를 품고 있는 증평 좌구산
마른 나뭇가지 사그락사그락
찬바람 시샘에 소리 지른다
골짜기 추위에 온몸 오들오들
갑자기 품 안으로 파고드는 커다란 손
차가움에 놀라 소름이 도톨도톨
좌구산 구름다리 위에서
말없이 꼬옥 잡은 손과 손

흔들리는 현실이어도
안녕과 무지개를 약속한다

* 충북 증평군 증평읍 소재

송정 바닷가에서

놀치는 쪽빛 바다 동해 송정
바다안개 자욱한 속살 드러내 놓고
포탄 터지는 듯 파도치는 소리
조그만 간 놀라
선뜻 수평선 보기 두렵다

메밀꽃 이는 하얀 물결
하마처럼 벌린 입
턱 빠진 양 다물지 못하고
간내 풍기는 시원한 바다 내음
목젖 너머 소리 없이 삼킨다

푸른 솔밭 솔향기에
기다림 지친 사랑 풀어놓고
빨간 와인 담긴 분위기에 투정 부리며
메밀꽃 같은 흔들 그네 혼자 타며
지나간 연인들의 하얀 웃음소리 듣는다

설레이는 가슴 눈 깜짝할 사이
하얀 물꽃에 파묻혀 밀려가고

어린아이 되어 금모래 밭 속
발자국 꼭꼭 찍은 순간
검정 파도 시샘에 하얀 꽃보라가 친다

놀치는 쪽빛 바다 동해 송정

6789부대

목련꽃 쩍쩍 입 벌려
아기 같은 뽀얀 속살 내 비추는
기해년 사월 십삼일
6789부대가 창설되었다
60대 제일 졸병 이등병 기준으로
70대 손위 동서 부사관 상사
80대 손위 시누이 영관장교 중령.
90대 친정어머니 별 하나 단 장성
이빨 빠진 암호랑이 네 명으로 구성되었다
살아온 날수가 쭈글쭈글한 입가로 모여
말의 잔치 봄의 꽃 잔치보다 더 풍성하다
만나자 반갑다고 악수하고
구부러진 몸매 서로 껴안고 구호 외친다
다리엔 휘어진 훈장을 달고
움직일 때마다 추임새 소리 곁들인다
늙은 여군들 지프차에 싣고
특별휴가 제부도로 달린다
부대원들 기세에 눌려 바닷물 놀라
하얀 물살 가르며 바닷길 내어준다
부서지는 파도 소리도 동참한다

갈매기 저공비행하여
꽈아오 꽉꽉 꽈아오 꽉꽉 나팔 불며
여성 부대원들에 거수경례한다
군함 카페 안 카푸치노 커피 내음과
하트 무늬에 환호성 보낸다
피로 나눈 전우 한번 전우는 평생 전우
봄이 꽃향기로 입영을 환영한다

글밭에 민들레꽃이

나의 글밭은
민들레꽃을 키운다
외로운 글자 홑씨 하나하나
바람 타고 손가락 끝으로 모여
노트북 자판 위에 눕는다
모음 자음으로 일가 이루고
흩어진 시어로 글밭을 가꾼다

나의 시는
민들레 홀씨되어
뜨거운 가슴과 마음에
향기로운 언어로 꽃 피운다
작은 홀씨 하나하나
영혼과 숨결 불어넣어
바람결에 날려 뿌리 내린다

잔잔한 노을이 내릴 때까지

매화는 피는데

매실나무 가지마다
하얀 옷 갈아입은 매화
은은한 꽃향기
꽃바람 타고 남쪽에서 올라와
코로나로 마스크 덮은
콧대 높은 콧구멍 간지럽힌다
봄이 왔다고
매화가 피었다고
사방팔방으로 나팔 분다
제아무리 무서운 코로나도
그냥 몸에 들어갈 순 없다
들어가다 한순간 목구멍에 걸려
불꽃같이 입 밖으로 바이러스 쫓겨난다
매화 꽃잎은 콜록콜록 코로나 열꽃 기침
코로나, 너 거기 밖에 있거라!
울며불며 야단스럽게
매화는 피는데
별들은 벌떼처럼 쏟아지고
다들 아파도 봄은 온다

늙은 살구나무

오뉴월 햇살
늙은 살구나무
가지마다 주름진 꽃 피었다
노랗게 익은 몸매
새콤달콤한 맛
입안 사연 가득하다
따사한 햇발 터질 듯 익은 살구
묵은 향기 바람결에 날린다
달콤한 만남 기다리다
바람 타고 땅 위로 쿵 떨어진다
살구 떨어지는 소리에
잠자는 시어들 몸 세우고
담을 넘던 고양이 깜짝 놀란다
살구나무 그늘이 부른다
지나가는 할머니 쉬었다 가라고

꽃도장

봄바람에 꽃잎 떨어진 화단
별들이 수놓은 밤하늘처럼
파릇파릇한 풀 위로
빨간 별들이 깔려있어
별 모양 꽃도장 선명하다

수줍은 새색시 볼 연지곤지
빨간 입술로 꽃도장 찍는다
여기저기 셔터 터지는 소리
꽃구경 나온 사람들
가슴마다 별들이 빤짝빤짝
빨간 별 화살 심장에 박힌다

꽃바람에 휘날리는
연분홍 스카프 두르고
꽃비를 맞으며
떨어진 꽃잎 위를
아플세라 살포시 걸어가면
이은무늬 꽃도장
발 아래로 연이어 찍혀 나온다

나이든 느티나무 보며

탯줄 같은 봄이 남양천에 흐른다
산수유 꽃망울 꽃바람에
머리 흔들어 봄을 알린다
사라짐을 예고하는
흰 반창고 허리에 두르고
앓는 소리 안으로 삭이며
서 있는 나이 든 느티나무들
마음이 아리다 못해 아프다
일제강점기 빼앗긴 땅에서
남양성지 순교자들과 혹독한 시련도
말없이 참고 이겨낸 백 년 세월
뿌리내린 성스러운 터전 앞에서
삼일정신 이어받아 꿋꿋하게 살려 했건만
도로 확장이라는 현대화의 물결 속에
벙어리처럼 말 한마디 못하고
베어나갈 때를 기다리고 있구나
다른 곳으로 옮겨 달라고
바람우체국 민원창구에

엽서 한 장이라도 띄워보지 않고서…

봄은 오고 있는데 봄은 오고 있는데

장군 중 장군

할아버지 지게에 올라앉아
보물 대접받는 장군
봄바람과 함께
노랑나비 앞세우고
당당하게 밭으로 외출하신다
가로다지 볼록한 배불뚝이
자궁 같은 요새
좁은 아가리의 생김새
생활 속 숨결이 묻어나는 소박함
땅들은 깊은숨
들이쉬고 내쉬고
뿌리를 토닥거려 감싸고
따가운 햇볕과 어울리니
밭에 있는 작물 쑥쑥 솟아오른다
풍성한 가을 위해
지독한 냄새 입고 쓰고 안고
새 생명 뿌리를 뿌리로 살리는
비가 내려도 바람이 불어도
씩씩하게 땅으로 향하는
장군 중 장군 똥장군

시를 낚다

낚시는 시다
시는 지렁이처럼 기어간다
지렁이는 꿈틀거린다
시어가 손끝에서 떨린다
출렁이는 낚싯줄 끌어당긴다
낚싯대 끝으로 시가 올라온다

도심 속 제비

강남 갔던 제비 돌아온다는
삼월 삼짇날이다
도심 속 제비
봄 맞을 채비한다
번지르르 포마드 바른 검은 머리
꽃바람에 날리는
연분홍 와이셔츠와 나팔바지
빨간 나비넥타이
반짝이는 하얀 에나멜 구두
연미복으로 뒤태 마무리 짓는다
어디로 날지 모르는 날개 퍼덕이며
도심 속 제비
미소 띤 눈망울로 먹이 사냥
짝짓기 성공한 한 쌍의 제비
희미한 등불 아래
사랑의 날갯짓
네 박자 블루스에 맞추어
허리 감싸고 꼬리 꼬아가며
부둥켜안고 봄날을 속삭인다
손끝 떨리는 만남이

봄바람 타고 슬로우 슬로우 퀵퀵
나이야 가라! 나이야 가라!

흔들리는 버스 안에서

울퉁불퉁한 아스팔트 위로
시골 버스 달린다
버스가 트위스트 춤을 추고
흔들림이 수작을 부린다
사람들이 이리저리 중심 못 잡는다
낯선 사람과 몸을 부딪치고
발을 밟고 시비가 일어난다
정신 줄도 끊긴다
에어컨 켠 버스 안 공기가
밖의 더위보다 더 후덥지근하다
정신 가다듬고 보니 내릴 정거장
휴! 안도의 숨 내쉰다
석양이 뉘엿뉘엿 넘어간다

자화상 自畵像

날이 갈수록 내가 보인다
그리운 당신보다
그림자조차
쓸쓸한 내가 보인다
그리움과 입맞춤 한다
달을 올려다보며 그림 그린다

때늦은 모심기

봄이 오는 길목이다
새색시 옷 벗듯 한 겹 한 겹
늙은 여우 조용히 수선 피운다
허연 맨살 드러낸 등판
수줍어 포복 자세로 엎드린다
모판에 모 심듯이
등판에 침을 꽂는다
물 없는 등판
딱딱한 쇠붙이 아픔을 준다
인내심 필요하다
물이 없어 더 이상
자라지 않는 모가 있다
겨울 논 벼 그루터기 남듯
등판에 침 꽂힌 자리 선명하다
"작은 고추가 맵다"는 속담 있듯이
가늘고 작은 침
몸속 파고들어
혈액의 흐름 돕는다
모판 같은 등판에 훈장 즐비하다
살을 파고드는 소소리바람 봄바람

지금 화성에서는

비행기 하늘을 날지 못하고
계류장에 멈추어 섰다
어디로 날아가야 할
목적지 표시판 불이 꺼져있다
탑승객 우왕좌왕
갈 곳 잃어 찾아 헤매고
화성의 밤하늘
관제탑에선
우주 비행선 불빛 통제하고
은하수 별빛만 하늘을 밝힌다

2부

엘피판에 얹힌 그리움

달빛 향 내음 타고

창문 사이로 비집고 들어와

그대 빈자리 앉는다

촛불이 파르르 떤다

그리움 하얀 촛농 되어 흐른다

하늘공원

가을비 온 뒤 적막한 기운 감도는
향나무 사이로 바람 설렁거리며
아련한 사연들 안고 있는 곳

흰나비 한 마리 손짓으로
어서 오라 어서 오라
반갑다며 소리 없이 반겨 주는 곳

당신 보고픈 마음 함께
아슴푸레한 추억들이
무언의 대화 속에 묻혀 있는 곳

갈바람 일렁이는 낙엽들
쓸쓸함과 서글픔
숨소리까지도 동무하자는 곳

가을의 끝자락에 서서
알 수 없는 바람의 영혼
갑남을녀들을 만났던 곳

가슴 사무치는 뭉클함
형용할 수 없는 그대 그리움
오늘도 남기고 돌아온다.

장맛비

연일 내리는 굵은 장맛비
구름과 계약 이행한 듯
눈 맞춤도 아랑곳하지 않고
가슴과 얼굴
굵은 막대기로 내리친다

빨간 참사랑
가슴에 화살 꽂히고
얼굴은 하얗게 덧칠하여
파랗게 멍든 자리
부끄러워 감춘다

꿈꿈한 하늘
속내를 알 수 없고
변덕스러운 마음 내비쳐
잠시 하늘 보여주니
그대 웃는 얼굴 하얗게 보인다

오지 않는 그대
버스 정류장에 하얀 우산 들고

전봇대 기대어 기다리는 여인
빨간 금실 속삭이던 순간들
비바람에 섞어 소리 없이 보낸다

붉어진 손바닥

두둥실 피어있는 햇살과 함께
단풍잎 한 잎 두 잎
붉음을 시샘한
손바닥 위로 떨어진다

그대 그리움 감추려
손을 쥐락펴락하는 사이
손바닥 벌겋게 달아올라
단풍 속으로 담금질한다

붉은 열기 안으로
손바닥이 손에게
단풍나무가 단풍에게
가을의 울음을 묻는다

산들바람에 시득시득
노을 타고 말라가는 소리
붉게 물들 손바닥
어룽대는 흰나비와 낙엽을 줍는다

속이 헛헛하여

시원한 맛에 반해서
뜨거운 햇볕도 마다않고
전국 골목골목 누비며
맛집 찾아 삼천리
당신은 시원한 물냉면
난 매콤한 비빔냉면
손잡고 가는 곳은 같았지만
서로 보며 먹는 입맛은 달랐지

이제는, 당신이 생각나면
속이 헛헛하여 혼자 찾는 곳

빨건 양념에 비빈
냉면 한 젓가락 먹고
뜨거운 육수 한 잔 마시니
가득하던 육수 주전자 바닥이
배는 불러오는데
쓸쓸함 또한 배 속에 가득하다
혼자 먹은 미안함도 잠시
염치없이 다시 속이 헛헛하여신다

보름달이 창문 너머

잠결에 눈을 뜨니 침대 머리가 환하다
딸네 집 20층 창문 너머 보름달
잡으면 손에 닿을 듯
하늘이 손끝에 와 있다
손주 얼굴처럼 말랑말랑하다

우리 집 2층에서 바라보는 보름달
고개를 뒤로 젖혀야만 볼 수 있는
거리가 멀어 달빛이 흐릿하다
둥그런 당신 얼굴
눈빛마저 흐릿해 일그러져 보인다

훤한 달빛 아래 달빛 천사
뽀로로 동화책 읽어주니
옥토끼처럼 귀 쫑긋 세운다
반짝이는 눈망울 바라보고 있으면
검은 눈동자 속 말랑한 보름달 담겨있다

당신 체온 같은 둥근달
가슴속 그리움 부풀어 터질 듯

어둠이 속옷 사이로 밀려오고
스러져가는 몸 이불 속에서 뒤척인다
달물결 따라 잠의 허허바다로 떠나간다

사당역 4번 출구

둘레둘레
밖으로 나가는 출구 찾는다
잊지 않으려
'4번 출구'를 입속으로 되새긴다
집으로 가는
어둠이 내려앉은 거리
가로등 환하게 길을 밝힌다
질주하는 차량 라이트 불빛
상가 네온사인 간판도 한몫씩 한다
버스 기다리는 사람들 모습 다양하다
연인들 헤어지기 아쉬운 듯
서로의 얼굴 보듬고 바라보며 웃는다
입맞춤도 주저하지 않는다
가로등 민망하여 고개 돌린다
그래, 저런 시절 나에게도 있었지?
묻혀버린 순간이 갑자기 그리워진다
저마다 핸드폰에 몰두하고
옆 사람에게 무관심한 표정들
인파 속 끼여 버스 기다리는 줄에 선다
어둠 속 달리는 버스 창으로

스쳐 지나가는 가로등 불빛이 외롭다
위안의 눈짓을 보낸다

함께하는 6월 어느 날

6월의 뙤약볕 아래
둥그런 나무의자 걸터앉아 땀을 닦는다
실바람 살랑살랑
부채질하며 옆으로 살며시 앉는다
그는 바람 타고 내려와
내 옆 빈자리 앞에 말없이 서 있다
조용한 하늘공원에서
당신과 나 둘이서 여름 이야기한다
까치 한 마리 울어대며 말참견하고
흰나비 나풀나풀 유월의 춤을 보여준다

뜨거운 태양을
동그란 크래커와 함께 먹는다
개미들 줄지어 '영차영차'
가방에서 꺼낸 샌드위치와
바리스타 빈 아이스커피 마신다
죽은 자는 입이 없어
먹지도 못하고 말도 하지 못한다
살아있는 자 살아있기 위하여
입안으로 빵과 과자를 가득 넣는다

국수나무 흰 꽃이 배시시 웃는다
함께 할 수 있는 행복 내가 살아있음이다

미스터 트롯

전주곡이 흐른다
오색찬란한 조명 비추어지고
미스터 트롯 권 무 필
노래 부를 분위기 잡고
듣는 이들도 긴장되어
덩달아 입안에서 침이 마른다
오케스트라 연주에 맞추어 노래 부른다

낯익은 곡조와 노래 가사
잊고 지냈던 그 시절이
엘피판에 얹혀 돌아가고 있는 듯
환상 속 당신
목 언저리 굵은 핏줄 세우고
떨리는 목소리로
마이크 앞에서 노래 부르고
숨죽이던 청중
우레 같은 박수 보낸다
감동하여 눈물 소리 없이 흐른다

그리움만 남겨 놓고

얄밉게 떠난 님아
배신자여 배신자여 사랑의 배신자여

노래의 여운이 밤늦도록 눈시울에 매달려

달빛에 젖은 귀뚜라미

여름은 처서에 밀려
더위가 한 겹 얇아지고 있다
때 이른 가을이
귀뚜라미 등에 업혀서 어룽거린다
창밖에 어리는 얼굴
본 지 오래다
보고 싶다고 말하면 보여줄까?
긴 다리 휜 달 아래 흐릿하게 보인다

여름 끝자락 물고
대숲 아래 숨어 흐느끼는 저녁
어둠을 가르고 얇게 썰어대는 소리
외롭다 울지 마라!
외로움은 너만이 아니잖니?
따스한 달빛으로 밤새 보듬어 주리라
사라져 가는 소리 밤하늘 맴돈다
철 이른 낙엽 하나 슬며시 곁에 앉는다

빈자리 십 년

째깍거리는 오메가 손목시계
기축년 선달 열여드레날
갑자기 멈추어 섰다
건전지 갈아 끼워도
태엽을 다시 감아 주어도
더 이상 소리는 들리지 않는다
심장 고동 소리 멈춰서고
그림자도 바람이 쓸고 간
다시 돌아오지 않는
빈자리 십 년
앙상한 나뭇가지 사이로
둥근달 하얗게 얼굴 내민다
달빛 향 내음 타고
창문 사이로 비집고 들어와
그대 빈자리 앉는다
촛불이 파르르 떤다
그리움 하얀 촛농 되어 흐른다

노란 은행잎

눈부신 가을 햇살
녹슨 양철지붕 위에 앉는다
오래된 은행나무 위풍당당하게 서 있다
나뭇가지 끝에 매달린 초록 이파리
노란 가을옷으로 갈아입는다
단풍으로 물든 은행잎
색바람 타고 나뭇잎 사각거리며
녹슨 양철지붕으로 우수수 떨어진다
노란 눈발 흩날리는 모습 보며
꿈 많던 소녀 시절로 돌아간다
두 손으로 떨어지는
은행잎 받으려 넘어졌다 일어섰다
무릎 깨짐도 아랑곳하지 않고 덩실덩실
오랜만에 느껴지는 가을 풍경
은행알 속으로 가을이 여물어 간다
하늘에 채색구름 뭉실뭉실
녹슨 양철지붕 노란 은행잎으로 회춘한다

상록수역 앞에서

빨리 오라고 손짓하는
헛 그림자에 속아
허둥대다 그만 돌부리에 걸려
엎드린 부동자세로 접신을 한다
순간적으로 벌어진
삶의 한 귀퉁이
아무 일 없었던 것처럼
흙 묻은 손 털고 일어나
주위를 두리번두리번 살핀다
빨개진 귓불에 걸쳐진
안경 고쳐 세우고
어기적거리는 걸음으로
앞서가는 사람 따라간다
비로소 헛웃음이 나온다
대낮에 도깨비에 홀렸나?
상록수역 앞에서

보이지 않는 울음소리

가을이
귀뚜라미 등을 타고 넘어온다
무심한 달빛이
가냘픈 어깨 위로 내려앉는다
가는 목에 숨 불어 넣으며
구슬프게 나를 부른다
경은아! 경은아!
잠결에 부르는 소리에 놀라
비몽사몽간 눈 비비며
창문 열고 내다보니
달그림자에 가리어
당신 모습은 보이지 않고
귀뚤귀뚤 귀뜨르르
무성한 잎사귀 속 귀뚜라미
달빛 사이로 가는 울음
소슬바람 타고 귓가에 울린다
애절함에 얇아진 귀가 먹먹하다
귀뚜라미 귀가 없다

일억이 생긴다면

만약에
만약에 일억이 생긴다면
난 망설임 없이 애인을 만들겠어요
이 가을에
빨갛게 물든 단풍
뜨거운 열정 받아
마음 따듯하고 싶네요
바싹 마른 마음은 초라해 보이거든요
노란 은행잎 쌓인 거리를
보란 듯 팔짱 끼고 걷고 싶네요
훤칠한 외모는 필요 없고요
가을이 주는 쓸쓸함
한 방의 격파로 날릴 줄 아는
매너 짱 무필오빠 같은
용기 있는 사람 좋아합니다
쑥스러우시면 손 편지 써서
가을 우체통에 넣어 주세요
왜냐구요?
난, 일억을 가지고 있답니다

거울 속의 또 다른 얼굴

무심코 거울을 보면
아버지 얼굴이 불거져 나온다
깜짝 놀라 빛의 속도로
얼굴을 되돌려 동공 확대에 들어간다
바람 따라 숨었는지 그림자도 보이지 않는다

다시 거울을 보면
여전히 거울 속에 아버지가
허공에 미소 지으며 나를 바라본다
잘살고 있냐고 물어보는 듯
무언의 대화가 빛바랜 눈빛으로 오가고 있다

나이 들수록 보고픈 아버지 얼굴이
거울 속에 내비치일 때
얼굴을 가만히 갖다 대어 보면
문득 거울이 따스해 옴을 느낀다
존재와 순간이 내 속에 살아 있음을 알린다

까마중

까마득한 기억 더듬으며
타임머신 타고
동굴 속으로 시간여행 떠난다

물방울 떨어지는 소리와 함께
어릴 적 친구들
검은 이빨 보이며 까르르 웃고
앵두 같은 입술
까무스름하게 물들어 있다

까맣게 익은 알맹이들의
재잘거림 시작되고
툭툭 수다스러움 터지며
까마중 같은 검은 눈동자
떨어지는 별똥별처럼 빤짝거린다

보랏빛 꿈 가슴에 품고
까마중 따 먹으면서
들판에서 술래잡기하며
천방지축 뛰놀던 어린 시절이여

3부

내면의 주인공

빛의 속도보다 빠른

마음의 갈림길

한 생각이 일어나서

나뭇가지마다 매달고

나뭇잎마다 한마음 아로새긴다

다관茶罐

따스함이 배어나오는
앙증맞음 자태
주둥이에서 흘러나오는
모습도 가지각색이다

여린 찻잎에
행복을 담아내
우리를 즐겁게 해주는
넉넉함도 있다

용광로의 불길처럼
기쁨을 콸콸 넘치게
쏟아낼 줄 아는
배포도 있다

때론 사랑을 슬며시
차 향기에 얹어
코끝을 실룩거리게 하는
요술도 피운다

마음이 울적한 날엔
안개처럼 잔잔한
마음을 내주는
아량도 함께 우려낸다

친구와의 대화 속엔
추억이 어우러진
달달한 맛과 같은 친근감을
동행하기도 한다

뚜껑을 열고 다관 속에
기다림과 만남
비움과 채움의 철학을 섞어
찻잔 안에 담아낸다.

흔들리지 않는 바람

바람이
흔들리지 않는
높은 빌딩 주인 되어
사거리 길가에 우뚝 섰다
소용돌이 속
증권 투자를 했나
아니면 로또 당첨이라도 됐나

바람이
흔들리지 않는
골목 사이를 비웃기라도 하듯
요리조리 비집고 다닌다
사시나무 떨듯
흔들리는 일상
아기 재우듯 다독다독
달래고 어루만져 자리매김한다

눈 있어도 볼 수 없고
발은 없어 걸을 수 없는
막힘없이 행동하고

어떠한 욕망이나
꼬드김에도 흔들리지 않는 바람

신륵사의 봄날

실바람 타고
실눈썹 위로 햇살이 내려앉는다
겨우내 덮었던 솜이불 걷힌다
가지마다 따스한 입김 불어
온몸 부풀려 봄을 맞는다

새벽 밝히는
나옹스님의 독경 소리
고요를 깨고 꽃들이 움을 튼다
개구리 겨울잠에서 깨어나
목탁 두드리는 소리에
봄의 초록 옷을 입는다

솔솔바람에
청아한 풍경소리
구경 나온 사람들
생소한 소리에 귀가 뜨인다
여인들 등 뒤로
엉덩이 들썩이는 봄이 따라간다

극락세계 극락보전
촛불 밝혀 백팔번뇌 녹이고
아미타 부처님 앞에
엎드려 백팔배 올린다
바램이 봄바람 타고
고요히 발우 안으로 담긴다

배추의 보시

천지개벽하듯 반으로 갈리어
아기 피부 같은 뽀얀 속살 드러내니
농부의 파란 땀방울에
자비심이니 두 손 모아 합장한다

염화미소에 완패당한 몸매
보현보살로 환골탈태하여
매운맛과 별맛으로 꽃단장하니
파란 꽃들의 변신에 공양 올린다

지계정신 발휘하여
술래잡기 희생양 되어
항아리 속으로 선정 들어가니
공덕이 차곡차곡 쌓인다

지혜와 자비를 베풀어
참맛 나는 겨울 양식 보시할
미륵보살로 회향하여
중생의 건강을 구제한다

연꽃차

꽃봉오리 얼리어
갇힌 지 얼마인가
따스한 물에 몸 녹으니
백련으로 환생 되어
생명의 근원임을
온 세상에 공표하고
시간과 공간 속에
진한 그리움으로 배어있는
연꽃차향 선물로 주어
모난 마음 어루만져 준다
차를 마시는 것은
연화교 계단마다
연꽃잎 새긴 것처럼
아름다운 마음을 담는 것
깨달음을 얻은 부처
삼라만상 중생을 위해
연꽃으로 화(化)하여
윤회의 설법에
극락세계 관문으로 들어선다

연모한다는 것

밤하늘 별빛처럼
그 누군가를 연모한다는 것
노랑 달맞이꽃일까
하얀 찔레꽃일까
아니면 베르테르의 슬픔일까?

하늘의 신
제우스에 넌지시 물어봤다
지나가는 겨울바람이
살짝 귀띔해 준다
그 누군가도 당신을 사모한다고

마음속 별빛은
수많은 실핏줄 타고
단홍빛 심장으로 모여
시도 때도 없이
연모한다고 뜨거운 시위하고 있다

미리내 흐르는 밤하늘에
그 누군가의 이름을 새기며

조용히 불러 보면서
기약 없는 기다림의 멍에를
가슴에 담아 가볍게 지고 간다

차(茶) 마시는 이유

고요가 밀려오면
언어는 말문을 닫는다
손길은 소리 없이
차 우려낼 다기 준비한다
다관 속 찻잎
따스한 물 친구로 초대한다
몸 부풀며
살아있음과 반가움 보여 준다
찻잔에 퍼지는 은은한 향
닫혔던 마음 열어주고
이웃과 격 없는 대화 오고간다
온도와 시간에 따라
달라지는 찻물의 농도
입안에 머금고 혀끝으로 휘감아
차의 깊은 맛 음미한다
바쁜 생활 속 작은 시간 내어
차 마시는 다른 이유는
살아온 날 돌아보며
찻잔에 담겨있는 철학 속에서
한 편의 시를 생각하는 것이다

주인공

오늘도 마음 다잡아 본다
상대의 어떠한 말투에도
평정심 잃지 않기로
그것도 잠시
듣는 순간 가슴속 피는
핏줄 타고 행동 개시한다
피가 끓기 시작하면서
얼굴이 붉으락푸르락
남 말에 휘둘리지 말고
자기중심 안에 넣고 믿어야 된다
모자란 중생, 나
허공에 대고 헛손질한다
주인공!
너만이 할 수 있어!
바로 나, 자신만이 할 수 있어!

티끌 위에 세운 보물

해맑은 세상에 존재하는
오직 하나뿐인
눈에 보이지 않는 유일무이한
내면의 부처인 주인공
촛농이 보호막 되어 보호한다

낡은 허물 같은 보잘것없는
한 가닥 실핏줄이 얽히고설키어
마음의 성을 만들고
성주의 모양새를 갖춘
심성의 소유자인 주인공

움켜쥔 세상에 존재하는
오직 하나뿐인
눈에 보이지 않는 유일무이한
믿음의 파수꾼인 주인공
자작나무 한 그루 마음속에 심는다

비바람 지진에도 흔들림 없는
자리 지키는 태산 같은 존재

아픔이나 괴로움 모두
주인공인 나에게서 나와
나온 곳에다 되 맡기어 녹인다

가슴앓이

까치들의 속삭임
알 수 없는 언어들로
비밀스럽게 사랑을 속삭인다

나의 속삭임
알 수 있는 언어들로
가슴앓이를 뜬마음으로 시작한다

찬바람을 헤치며 멀리멀리 날아가
님의 흰 머리카락 뒤로
알 수 없는 언어들로 속삭이면서
살포시 내려앉는다

그리움과 냉가슴이 담긴
속내를 들킬세라
알 수 있는 언어들은 벙어리 되어
황급히 골목 뒤로 도망간다

기우뚱기우뚱 중심을 못 잡는다
화끈화끈 부끄러워

빨개진 심장 고동 소리를
재빨리 치마폭 속으로 감춘다

빨강 보자기로 싸맨다
보이지 않게 파랑 보자기로 덧싼다
아무런 내색도 말도 못 하고
하늘 구름 속으로 꼭꼭 숨어버린다

보이차普洱茶

봄비가 보슬보슬 내리는 오후
화단에 핀 노란 산수유 꽃
단비를 맞아 더욱더 새초롬하다
산수유 서너 가지 꺾어 화병에 꽂고
보이차 다구를 준비한다
혁등산 심산유곡에 은거하는 백발노인처럼
마음도 다소곳이 좌정한다
자사호 안에 발효된
덩어리 찻잎 쪼개어 넣고
숙우에 담긴 뜨거운 물 따른다
기다림이 필요하다
운남성 차마고도에서 실려 온 보이차
첫 찻물 차 맛 위해 퇴수기에 버린다
비움의 철학을 배운다
우려낸 갈홍빛 탕색이 곱다
떫은맛 살짝 느껴지면서 농후한 맛
빗소리 들으며 명상에 잠긴다
찻잎 오래 묵을수록
맛과 향이 부드럽고 깊어진다

보일 듯 보이지 않는 은은한 차향
봄비 내리는 눅눅한 오후를 감싼다

홀로 살아간다는 것은

홀로 살아간다는 것은
바람을 애인처럼 보듬어 안고
동트는 해 윙크하듯 바라보며
짝사랑 놀이하는
베르테르의 슬픔
굵은 빗방울 외로움 때리면
열두 폭 치마로 덮는다
뭉실뭉실 그리움
뭉게구름 속 두리둥실 떠다니고
당신 반가운 기다림은 무용지물

홀로 살아간다는 것은
뿌연 안개 속
바다에서 뱃길 찾는 것
모래 위에 모래성 쌓는
황소고집 부리는 허세
홀로 수행과 깨달음 이룬
나반존자 따라가는 보살행
삶과 죽음의 윤회 사상
자신을 사랑하여 버릴 수 없지만

그러나
홀로 살아간다는 것은 용기 있게 버리는 것

갈림길

양화대교 인터체인지
빈 차 등 켠 택시
갈림길에서
머뭇머뭇 머뭇대다가
오른쪽 길로 제트기처럼 달린다

앙상한 나뭇가지 마른 잎새
계절의 갈림길에
가지마다 잎새마다
팔랑팔랑 팔랑 귀 달고
여운을 남기듯 팔랑거린다

수많은 가로등
어둠에 갇혀 보이지 않는
어둑어둑한 갈림길을 밝히고
끊임없이 이어지는 불빛
달리는 자동차 행렬 총알 같다

빛의 속도보다 빠른
마음의 갈림길

한 생각이 일어나서
나뭇가지마다 매달고
나뭇잎마다 한마음 아로새긴다

무량사의 단풍

헤아릴 수 없는
살아있음의 무게가
단풍잎 한 장보다 가볍다

활활 타오르는
붉은 단풍과 함께
석등 속으로 빠져들어 간다

사방으로 뚫린
화창의 문 안에서
붉은 불이 가을 되어 타고 있다

붉은 햇빛 받은 단풍잎
솔솔바람에 솔 솔 솔
낙엽 되어 석등 위로 내리 앉는다

헤아릴 수 없는
지혜의 빛
극락세계

관세음보살 염불하며
붉은 극락전 문을 두드려 본다.

한마음선원禪院 가는 길

꽃바람 가르고
달리던 전철 일호선
관악역에 멈추어 섰다
멀리 기와지붕 칠성탑 보이고
대행선사 가르침 있는 곳
한마음선원 가는 길
길가 노란 산수유 꽃
염화미소 지우며 길 안내한다
봄 향기가 콧속으로 스민다
나뭇가지 앉아있는
참새들 지저귐
선법가로 합창되어 귓가로 울려 퍼진다
앉은뱅이 민들레
안경너머로 꽃씨 흩날리어 포교 활동한다
선원 가는 길에 만난
파랗고 노랗고 빨간 법우들
반갑다고 합장하고
고개 숙여 안부 묻는다
봄바람 발끝 동참에 발걸음 빨라진다

흔적

이 세상에
처음 나올 때도
이 세상을
마지막 떠나갈 때도 빈손

그 사이
흩어진 시어詩語를 다듬어
시詩라는 흔적을 쏟아낸다
흔적 한데 모아 시집詩集 묶는다

이생에서 제일 잘한 일
몸 안에 지니고 있던 흔적과
마른 겉표지에 이름 석 자 새긴
시집詩集 한 권 남기고 가는 일

4부

당당했던 젊음 간데없고

쇠약한 다리 황혼에 휘감기어

쉬었다 가라는 신호 보낸다

성곽 길 돌계단에 걸터앉아 밤하늘 본다

잊고 살던 먼 별 머릿속으로 스민다

병상일지

사각 병실 새하얀 침대
흰 벽 모서리마다 신음 소리 쌓인다
검은 장막 같은 어둠이 내리고
그 뒤에 가려진 상처들
포도송이처럼 매달린 절망
깊고 깊은 세계로 수없이 떨어진다
붕대 감긴 오른발 수행 중
발가락 달싹거리며 보채는 바람에
졸린 눈 비비며 일어나 밤하늘 본다
가는 밤바람에 시득시득 말라간다
쪼그라진 발등 위로
무거운 눈물방울 뚝 뚝
환자들 표정 갈수록 어둡다
약사여래불 자비심 빌어
보이지 않는 약손으로 쓰다듬는다
자고 나면 괜찮아 질 꺼야
어둠을 깨는 새벽예불 소리
새로운 아침이 서서히 밝아온다

봄의 반란

마른 나뭇가지에 싹이 튼다
봄이 옴을 알리려
세상의 모든 들풀도 서걱거리고
화창한 아침 햇살 받으며 속삭인다

마른 손가락에 싹이 튼다
아픔을 동행한다
그리움 삭이고 삭이다
관절들 반란의 봄을 맞는다

겨우내 타래처럼 움츠렸던 몸
긴 잠에서 깨어나 기지개 켠다
소소리바람 결에 속살 내밀어
초록의 생명력 보여준다

그리움의 싹
얼어붙은 마음 뚫고
손가락 마디마디 돋아
갈퀴손 되어 통증을 호소한다

마른 나뭇가지와
마른 손가락 사이에
찬란한 봄의 반란이 시작된다

스테인리스 가락지

신록 우거진 계절에
꽃향기 나는 꽃반지도 아니고
더더구나 비취반지나 금반지도 아닌
금속으로 만든 특이한 가락지

얼마나 가락지가 끼고 싶었으면
붉은 핏방울 핑계 삼아
작지도 않고 무게가 나가는
강철로 손가락을 감았네

햇빛이 반사되면
님의 얼굴 비치곤 하지만
따스함이란 전혀 느낄 수 없는
차디찬 스테인리스 가락지

사람의 형상으로
두 팔은 상처 부위를
두 다리는 지지대로 한 몸 되어
두툼한 손가락 꼭 껴안고 있네

달달한 애정 담긴 정표가 아닌
기다림 지친 끝자락에 서서
눈 깜짝할 사이 사고로
손가락에 끼워진 스테인리스 가락지.

녹슨 난간

나이 먹은 석양
붉은빛 타고 넘어간다
녹슨 난간 모퉁이 기대어
꼬부랑 할머니 살아온 흔적
거친 바람과 함께 더듬는다

녹슨 난간 앞 손바닥만 한 신문지 위
온몸 하얗게 벗겨진 더덕들
수줍은 듯, 한 움큼씩 올려져
더덕 향내로 자리 차지하고
합죽이 입 되어 손님을 부른다

얼굴엔 검버섯 꽃 만발하고
살에는 고추바람에
거북등같이 손 갈라져
혼자서는 일어서기 힘든 양
녹슨 난간 붙잡고 끙 일어선다

광채 났던 녹슨 난간
비바람에 쇳빛으로 퇴색하고

오랜 세월 모진 풍파에
부러지지 않고 수문장처럼
제자리를 지키고 있다

쓰러진 난蘭 화분

단아한 자태 자랑하며
일렬로 서 있는 동양란 화분
부드러운 곡선으로 휘어진 줄기
창문 사이로 들어오는 바람 따라
꽃대 올라와 은은한 향기 가득하다
메마른 사람의 감성을 감싼다
아담하면서 날씬한 소심란 화분
손주들 장난에 밀리어
힘없이 쓰러져 깨진다
깨어진 화분 속에도
도도한 모습 살아 있다
혼자서는 일어설 수 없는 나약함 보인다
의지 강하다는 소문과는 다르다
분갈이하여 제자리 놓으니
옆에 있는 난 화분들 미소로 화답한다
따가운 햇볕가리개 쳐진 햇살 아래
기품 있게 서 있는 난 화분 소심란
나긋나긋한 꽃향기 실내에 가득

남산 길

남산의 성곽 돌담으로
땅거미가 드리워지기 시작한다
산들바람 따라 낙엽이 뒹근다
어느 결에 으스름 황혼이다
늘그막에 걷는 남산 길
초점 잃은 눈동자
어둠 속에서 갈 길 잃는다
가로등 하나하나 깨어나 어둠을 밝힌다
활동사진 되돌려보듯
지나온 날 주마등이 되어 돌아간다
처음으로 그 사람 팔짱 끼었다가
남들이 본다고 쑥스럽다고
무안 주어 슬며시 팔을 놓았던 팔각정 길
예쁘고 당당했던 젊음 간 곳 없고
황혼녘에 돌고 돌아 홀로 찾아온 남산 길
쇠약한 다리 황혼에 휘감기어
쉬었다 가라는 신호 보낸다
성곽 길 돌계단에 걸터앉아 밤하늘 본다
잊고 살던 먼 별 머릿속으로 스민다

반쪽 눈으로 보는 세상

오른쪽 눈 동공
하얀 그림자에 가리어 흐릿하다
쉬었다 가라는 신호인가
반쪽 눈으로
바라보는 세상 낯설다
찡긋 감긴 눈
윙크하는 줄 알고
지나가는 사람 눈으로 화답한다

뭇 글자에서 물러난
해탈한 망막
부어서 항의하여 멀겋게 일어난다
번뇌도 동반한다
안압이 상승한다
가라앉을 기미가 없다

반쪽 눈으로 보는 세상
반쪽 눈으로 보이지 않는 세상
감각이나 마음으로 본다
상상의 날개 내비게이션 달고

앞장서서 안내한다
날마다 깜빡깜빡 반쯤 눈감고
세상과 교감하며
살라고 넌지시 일러준다
빈 나뭇가지 끝에 매달린 눈동자
햇빛이 환하게 웃는다

세찬 물줄기

낡은 버스가 고갯길 오른다
주름진 얼굴에
검은 땀방울 범벅되어
수줍은 모른 채 세찬 물줄기에
온몸 대놓고 샤워를 한다

나이 든 할머니
모처럼 세찬 물줄기에
쭈그러진 몸매 맡기니
갈비뼈 사이가 덜덜덜 거리고
등짝 쑤신 곳이 시원해진다

낡은 버스 굴뚝에서
파란 매연이 별처럼 쏟아지고
나이든 할머니 얼굴에
발그스레한 땀방울
줄무늬 되어 실개천처럼 흐른다

포돗빛 매연과 빨간 땀방울
세찬 물줄기에 씻겨 나가니

버스와 할머니
꽃송이 같은 꽃구름 타고
제트기처럼 가볍게 날아간다

엄마 냄새

딸의 니트 원피스를 걸쳐 보았다
옆에서 보고 있던
네 살짜리 손주 녀석이 말한다
우리 엄마 옷이라고
할머니 내 옷이라고 억지를 부린다
손주 얼굴빛 붉으락푸르락
코를 큼큼 냄새 확인한다
엄마 냄새가 난다구
우리 엄마 옷 맞다고
할머니는 냄새가 없단다
할머니 할 말이 없다
슬며시 걸친 옷 벗어
고사리 손 안으로 원피스 되돌려 준다
딸의 엄마 냄새 살짝 얹어서

걸음걸이

초가을 햇발 아래
물 빠진 뻘 밖으로
참게 한 마리 세상 구경 나왔다
집게다리
노란 나비넥타이로 위엄 갖추고
걷는 다리 호령한다
가을 경치를
검정 뿔테 안경 너머로
두리번거리며 구경 다닌다
분위기에 흠뻑 빠진 듯
걸음걸이가 이상하다
옆으로 옆으로 걷는다
나의 걸음걸이
지나가는 바람에 마술 걸린 듯
아니면, 햇살 눈부심 현상일까?
똑바로 걷는다 걸어도
어느새 한 마리 참게되어
옆으로 모재비 걸음으로 걷는다
해지는 노을에 의지해서라도
똑바로 똑바로 걷고 싶다

꽃이불

구순의 친정어머니
서서히 죽음을 준비하신다

이불집에서 맞추어 온 듯
흰 소창에 싸인 솜이불 한 채
옆에는 빳빳하게
풀 먹인 꽃무늬 면 홑청
꽃모양 굵게 들어간 양단 이불덮개
색동 요판이 가지런히 놓여있다
무슨 이불을 만드는 걸까

요즈음 누가 솜이불 덮어요
모두 버릴 거예요
힘들게 만들지 마세요
철없는 육순의 딸 핀잔을 준다
어머니 주름진 입술로 말씀하신다
그래도 괜찮다 나도 생각이 있다

번쩍 번개가 머리를 스친다
아! 그게 아니었구나!

마지막 극락세계 가는 길
누추하게 보이고 싶지 않으셨나 보다
깨끗한 꽃이불 한 채
손수 마련하시는 것을 자식들은 알려나?

울컥 눈물이 솟는다
하늘에 별들 꽃이 되어 쏟아진다

마스크 쓴 눈(眼)

코로나19 유행으로
입과 코 흰 마스크 쓴다
시샘한 눈동자
눈치 없이 이리저리 굴리다
오른쪽 눈(眼)
한 방 맞은 듯 멀겋게 부어올라
안과 의사 선생님
플라스틱 마스크 걸쳐 준다
양쪽 귀에 걸친 두 줄의 고무줄
씁쓸하게 웃는 모습
애처롭게 보는 눈동자
모두 마스크 속에 숨어 술래잡기 중

귓속으로 숨은 보름달

가을이 술래잡기 한다
산들바람 따라 한가위 보름달
귓속으로 숨어들었다
어두운 골목에서 방황하다
타원형 귀퉁이에 걸려 주저앉는다
무서움에 놀란 보름달
노란 달맞이꽃 피었네
끙끙 중이염 앓는 소리
가을 술래에 들켜 병원으로
현미경 머리에 쓴
은토끼 의사선생님
안경 너머로 노란 보름달 집어내
계수나무 아래 펼쳐 놓는다
귓속으로 숨은 보름달
살았다! 환호성 지른다
살랑살랑 가을바람 부는 저녁이다

흰 다리

교차로 신호등이 바뀐다
할머니들이 거북걸음으로 걸어간다
고양이 등같이 구부러진 허리
다리엔 휘어진 훈장을 달고
서로들 다른 모양새로 걸어간다

느리게 걸어가는 뒷모습에서
끈기 있는 생활력이 엿보인다
그대 이름은 어머니
휘어진 다리 모습에서
지나온 세월을 되돌아본다

거북이 등껍질처럼
매달린 자식 등에 업고
콩밭 매는 자그마한 체구
몸 아끼지 않고 자식들 위해
긴긴 세월 이겨낸 휘어진 다리

마디마디 불거진 갈퀴손 씨앗 뿌리고
곱장다리 끌고 가꾼 콩 농사

무릎걸음으로 거두어들인 콩꼬투리
보물 찾듯 콩알 꺼내어
제비 새끼처럼 입안에 넣어준다

거북등같이 갈라진 손등과 발바닥
세상살이 무게에 휘어진 다리
겉모습은 초라해 보일지라도
강인한 내면의 모습
걸음걸이가 당당하다

고인돌 보며

푸르른 소나무 한 그루
긴 겨울잠에서 깨어나
푸른빛으로 얼굴 화장하고
입가에 미소 지으며
소리 없이 방문객을 맞이한다

삼천 년 지나온 세월
몸 꽃으로 속마음 겉으로 드러내고
지탱하다 지친 동체
곤두기침 소리에 놀라
두 조각으로 동강이 나
고독한 일인 시위하고 있다

바람결 같은 티끌세상에서
풍요를 만끽하려
고인돌 보며 가로길이 빌어
대대손손 이을 아들 소원하니
온 동네 경사 났네

덮개돌 아래에서

누워 지낸 어두운 시간
들숨 날숨조차 힘들어
온몸에 숨구멍 만들고
하늘의 별을 본다.

* 경기도 시흥시 조남동에 있는 고인돌 지석묘

모녀지간

자다가 벌떡 일어나 노트북 뚜껑을 열다
잠이 덜 깬 눈꺼풀 치켜세우고
손끝은 어설프게 자판을 두들긴다
무슨 글을 쓰려고
살아가는 힘을 실어주고
문설주처럼 기댈 수 있는 딸이 있다
아빠의 넓은 가슴 대신
빈약한 어깨 망설임 없이 내어 주는
비단결 마음을 가진 항상 내 편인 딸
오히려 철없는 엄마
시도 때도 없이 투정부린다
돈 달라 사랑 달라
그래도 고맙고 미안한 마음
늘 갖고 있단다
든든하다 말하면 이기심일까
서로 의지하며 살아가는 우리는 모녀지간
보랏빛 라벤다 향기
잔잔하게 가슴으로 스미어 들고
밝은 햇살이 넘치는
베란다에서 시원한 맥주 한 캔씩 마실까

5부

소소한 일상

저녁노을 넘어갈 때 바람 자듯

윙윙거리는 모깃소리도

하늬바람 따라 오색선 품에서 잠이 든다

계란 한 판 머리에 이고

장날 읍내 장터에서 계란 한 판을 샀다
기다리는 버스가 오지 않는다
겁도 없이 계란 한 판 머리에 이고
아름드리 전나무 숲길을
콧노래 부르며 걷는다
바람도 앞서거니 뒤서거니 따라온다
멋진 우리 행렬에 하루살이 두 마리
가느다란 날개에 경호 휘장 두르고
윙윙 사이렌 울리며 앞장선다
모두 사이좋게 박자 맞추며 야호! 야호!
그런데, 아뿔싸!
돌발 사고가 일어났다
그만 돌부리에 걸려 머리에 이고 가던
계란판이 땅바닥으로 곤두박질쳤다
에그, 에구머니!
깨진 무릎 살필 겨를도 없이
사방 둘러보니 다행히 보는 사람 없다
계란은 어차피 깨진 것이고
깨진 무릎은 어찌할꼬?
땅 붙잡고 엉덩이 하늘로 뻗치며 일어선다

몸에 묻은 흙 털고 절룩절룩
구급차 사이렌 울리며 병원으로

도둑괭이 담을 넘다

늦은 초저녁 귀갓길
갈 길은 멀고 전철은 느리다
오늘따라 버스는 늦게 온다
빠르게 집으로 들어가는 길목
“공사 중, 돌아 가시요”
이리저리 눈망울 굴리어 주위 살핀다
아파트 지름길 눈앞에
보는 이 없자 한 마리 도둑괭이 되어
보따리와 함께 담을 넘는다
바짓가랑이 솔가지에 걸려 찢어진다
뒤따라 담을 넘던 도둑고양이
눈 마주치자 소스라치게 놀란다
담 모퉁이 서서 하늘로 연기 날리던 아들
도둑괭이에게 들켜 깜짝 놀란다
장본 보따리 넌지시 돌려받으며
아들 한마디
어, 엄마! 도둑고양인 줄 알았잖아?

시詩 항아리

광화문 지하도에는 시詩가 있다
전철 타고 내리는 계단 옆 모퉁이
바쁘게 오가는 발길을 머물게 한다
둥그런 나무의자 위
하얀 달을 품은 달항아리가
우윳빛 조명 받으며 수줍은 듯
은은하게 주위를 밝혀준다
다정다감한 시어를 품은 시詩들이
옹기종기 항아리 속에 담겨있다
시를 읽고 싶어 하는 사람은 누구나
둥글게 말린 시 한 편을 펴볼 수 있다
시 제목은 수시로 바뀌는 듯
눈에 보이지 않는 미세혈관처럼
우리 삶 속에 흐르는 시어들
가늘디가는 목소리로
삭막한 도시의 분위기를 부드럽게 하여 준다

마을버스

자그마한 버스
노란색 옷 입은 마을버스
타고 내릴 때
나를 낮추어만
머리를 다치지 않는다
겸손을 배운다
촌로들의 반가움
목소리 높낮이도 개의치 않는다
차안에 정겨움 흐른다
기사님도 한 가족
허물없는 이야기 오간다
자그마한 버스 안에서 느끼는
이웃 간의 훈훈한 인정
쭈그러진 피부를 감싼다
사람들의 풍성한 마음 싣고
노란색 옷 입은 마을버스
오늘도 천천히 거리를 달린다

한강을 건너다

어둠의 치마폭에 하루를 감싼다
지친 눈동자 게슴츠레 어룽거리며
밤 풍경을 눈조리개 안에 담는다
한강 철교 위로 전철은
어둠과 사람을 싣고 한강을 건넌다
눈꺼풀 위로 보름달이 내려앉는다
고요를 뚫은
남자의 굵은 바리톤 목소리
안내 방송 스피커 통해
축 처진 귓속으로 들어온다
"힘든 하루
한강의 야경을 바라보며 씻어 보내십시요
오늘도 수고 많으셨습니다"
삭막한 생활 속
짧은 한마디에 피로가 풀린다
명주솜 이불 덮은 듯
따뜻한 감동 받으며 한밤에 한강을 건넌다
하루가 저문다 한강아! 잘 자!!

뽀로로 대통령

아침의 시작은 수선스럽다
동동동 엄마의 동동걸음소리
아이 늦잠 깨우는 소리
텔레비전 화면 홀로 돌아가는 소리
옷 갈아입히는 실랑이 소리
뽀로로 대통령
장난기 섞인 종종종종 종종걸음
방마다 휘젓고 군림한다
까르륵까르륵 웃음소리 발끝 따라다니고
엄마 소프라노 소리 집안 구석구석 울린다
벽시계 째깍째깍 채비를 재촉한다
일주일 중 오일
뽀로로 대통령 어린이집 등원하는 의식
벤츠승용차 부르릉부르릉 시동 건다
뽀로로 대통령
뒷자리 카시트에 앉아 안전벨트 채우시고
어느새 뽀롱뽀롱 뽀로로 노래 부른다
경호원 엄마!
"안전운전 하세요"(엄지척 들어 올린다)
내일의 꿈나무 뽀로로 대통령 김 종 원이예요

비 내린다

비가 추적추적 내린다
장마가 시작되려나 보다
잦은 비
더위 속 살갗을 식힌다
그리움 털끝처럼 가볍다
빗물 쓸쓸함 얹히어 무겁다
바람에 일렁이는 손짓들
나뭇잎 사이사이로 서성인다
재잘대던 한 쌍의 까치
반가운 소식 없는 듯
입 오므리고 눈만 끔벅끔벅
아무도 오지 않는다
혹시 문이 잠기었나?
비가 내린다
거미줄에 매달린 빗방울
눈으로 떨어져 눈물 되어 흐른다

부채가 바람에게

단오 지나 부채들 인사하니
나무 그늘 아래서
박초바람 불기 시작한다

갓난아기 잠투정할 때
오색선 살며시 흔들어 주니
솔솔바람에 소록소록 잠이 든다

공작선으로 얼굴 가리고 하늘 보니
햇빛이 부챗살 모양으로 깃을 펴고
메마른 높새바람에 햇살을 들고 나온다

땀 흘린 등 뒤로
태극선 바람 살랑살랑 넘기니
속옷 사이로 뒷바람이 설렁설렁 한다

학교에서 합죽선 살포시 펼쳐 드니
엄마들 사이에 회오리처럼
치맛바람 거세게 휘몰아친다

저녁노을 넘어갈 때 바람 자듯
윙윙거리는 모깃소리도
하늬바람 따라 오색선 품에서 잠이 든다

창작동화 '신데렐라 구둣방'

– 출간을 축하드리며

세상에서 가장 아름다운 구두
자그마한 구둣방
할아버지 주름진 손에서 만들어집니다
사각사각 바느질하는 소리와 함께
작은 행복이 소슬바람 타고
살긋거리는 걸음으로 다가옵니다
상대를 배려하는 마음
한 장의 구두 깔창을 넣고
낙엽 한 장을 가슴에 담는
솜사탕 같은 포근한 마음입니다
낡은 구두를 고치는 일
마른 나뭇잎 단풍으로 물드는 것
잠자는 신발에 예술혼 불어넣어
자신감을 세우는 일입니다
할아버지 손은 요술쟁이
헌 구두가 신데렐라 구두로 재탄생됩니다
따스한 가족 사랑에서
구두 왕국 무지개가 떠오릅니다
자꾸 자꾸 가고 싶은 곳 '신데렐라 구둣방'
자꾸 자꾸 보고 싶은 책 '신데렐라 구둣방'

치킨이 기다려지는 날

오늘은
치킨이 기다려지는 날
아들의 월급날이다
하늘로 날개는 바람을 타고 날아다니고
다리는 어기적거리며
눈앞에서 왔다갔다 걸어 다닌다
나뭇가지에 앉아 있는 까치
기쁜 소식 전 하려는 듯 지저대고
은근히 마음이 설레인다
퇴근한 아들의 손을 본다
으흐흑, 빈손이다

읍내로 장 보러 가는 길

뙤약볕 아래
빨간 꽃송이 담긴 양산을
까맣게 물들인 머리 위로 받쳐 들고
꽃신 신고 건들건들
읍내로 장 보러 가는 길

땡볕 가운데
매미들 노래자랑 요란하다
다리 아래 흐르는 냇물도
장단 맞추는 듯
신이 나서 신나게 요동친다

얼굴에 뽀얀 선크림
뽀얗게 덧바르고
양산 사이로 하늘 쳐다본다
이글거리는 태양
뜨거운 애정 표시에 눈이 감긴다

폭염 속
송골송골 맺힌 땀방울

하늘거리는 원피스 자락에
단내 풍기는 포도송이 그려지고
사방에서 벌떼들 윙윙거리며 쫓아온다

버거운 여름

삼복더위 더위만큼
심장이 숨쉬기 버겁다
가만히 앉아 있기만 해도
엉덩이 땀띠 솟고
등에는 땀이 골창 이룬다
육중한 몸무게 짓눌려
움직임 거북이처럼 느리다
신용 앞세운 카드대금
작두 위 선무당 춤사위 보듯
결제 날 무섭다
가뜩이나 설치는 밤잠
뚫린 모기장 안으로
모기 등장에 잠들기 어렵다
세상 보는 눈동자
안개에 가려 게슴츠레 눈뜨기 버겁다

버거운 여름
강물에 반달 띄어 시원하게 보내야지

멈추어 버린 웃음소리

간간이 내리는 비 사이로
향 내음
길과 소통하고 있다
마주 앉기도 전
액자 속 여인 웃고 있다
주위 하얀 국화꽃으로 한껏 치장하고
손님 맞을 채비하고 있다
이별의 순간을 뒤로 미루고
여전히 웃는 얼굴이다
바라보는 내 눈은 촉촉하다
맺힌 눈물방울 물고랑 이루어
네모난 액자 안으로 비가 내린다
검은 장우산 받치어 준다
멈추어 버린 웃음소리
비는 웃음인가 울음인가
언제까지 비는 우는가?

겨울 철새

얼어붙은 야트막한 남양천 자락
청둥오리 바람 부는 물가를
헤집고 누비고 다니며
시원하게 겨울날 즐기고 있다

따사한 햇살
따뜻한 보금자리 그리워
머나먼 길 쉼 없이 날갯짓하여
해마다 찾아오는 겨울 철새

얼어붙은 물
포근한 욕조인양 반신욕 한다
짧은 다리로 각선미 뽐내고
궁둥이 실룩 실룩거리어
수면 위 달리는 묘기 연출한다

깊어가는 겨울밤
물 먹은 얼음덩이 침대
수초 갈대꽃 이불 덮고

매운바람 베개 삼아
청둥오리 달콤한 꿈속에 잠긴다

풍성한 나눔

여름내 뜨겁던 태양도
높고 푸른 가을 하늘에 양보하듯
따끈따끈한 햇볕
막바지로 논바닥으로 쏟아 붓는다

누런 옷 갈아입은 벼이삭들
나눔을 위하여 채비를 하고
수줍게 고개 숙여
벼 익는 구수한 내음 선물로 준다

짝지어 배회하는 고추잠자리
붉은 사랑으로 풍요를 만끽하고
실바람에도 살랑거리고
평화롭게 나눔 안고 날아다닌다

가을이 주는 넉넉함에
마음도 풍선처럼 풍성하고
너와 내가 나눔으로 하나 되니
행복이 파란 하늘에 뭉실뭉실 그림 그린다

정오의 안부

뜨거운 정오의 한때
소나무 그늘 아래
바람과 언어가 휴식을 취한다
나뭇가지에 모여 앉은 참새들
검은 음표 물고와
정오의 안부를 묻는다
한껏 높아진 목소리
귓속으로 음악 되어 흐른다
따가운 햇살이
반짝반짝 박자를 맞춘다

시 평론

| 시 평론 |

익어가는 삶의 맛과 향의 향연

-박수여의 시학

민용태(스페인왕립한림원 위원. 고려대 명예교수)

나이가 차면 사람도 음식도 맛이 깊다. 곰삭은 김치가 맛이 있듯이 삶의 맛이 우러나려면 세월이 가야 한다. 거기에 시어가 무르익으면 깊은 맛이 일품이다. 친구와 차 한 잔을 마시는 것도 "다관"을 갖추어 차를 우려내고 담소를 하다보면 저절로 참선이 된다.

마음이 울적한 날엔
안개처럼 잔잔한
마음을 내주는
아량도 함께 우려낸다

친구와의 대화 속엔
추억이 어우러진

달달한 맛과 같은 친근감을
동행하기도 한다

뚜껑을 열고 다관 속에
기다림과 만남
비움과 채움의 철학을 섞어
찻잔 안에 담아낸다.

여기에서 "안개처럼 잔잔한/ 마음을 내주는/ 아량도 함께 우려낸다"는 시 표현은 보통의 경지를 넘는다. 먼저 "안개처럼 잔잔한… 아량"은 그림이 너무 포근하다. 그런 포근한 마음을 내주는 "아량" 또한 곱다. 그런데 그런 마음을 차와 함께 우려낸단다. 이런 추상적 언어("마음" "아량"…)의 구체적 모습과 묘사는 깊이 있는 느낌이 아니면 다다르기 어려운 시법이다.

친구와 담소하며 마시는 차는 우정의 "달달함"과 따스함이 추억과 함께 혀끝에 스민다. 오랫동안 만나지 않던 "기다림과 만남"의 축제… 나이 들어 만나니 자연히 대화가 깊어진다. 젊었던 시절의 꿈과 야심도 비워야 할 곳에 있다. 그 대신 가을 하늘과 높은 하늘도 찻잔에 담겨 있다.

요즘은 중국 운남성 차마고도에서 온 "보이차"가 유행이라든가? 다음 차와 시를 맛보자.

숙우에 담긴 뜨거운 물 따른다
기다림이 필요하다
운남성 차마고도에서 실려 온 보이차
첫 찻물 차 맛 위해 퇴수기에 버린다
비움의 철학을 배운다
우려낸 갈홍빛 탕색이 곱다
떫은맛 살짝 느껴지면서 농후한 맛
빗소리 들으며 명상에 잠긴다
찻잎 오래 묵을수록
맛과 향이 부드럽고 깊어진다
보일 듯 보이지 않는 은은한 차향
봄비 내리는 눅눅한 오후를 감싼다

여문 시에는 기다림과 비움이 많다. 물론 그것이 꼭 나이가 들어서는 아니다. 여물어서 깨닫게 되는 인생철학의 단면이랄까? 봄에는 꽃과 현재만 보이던 것이 가을에는 빈 의자에 앉아 기다리는 찻잔이 보인다. 시인은 인내성 있게 보이차를 마련한다. 물을 데우고 버리고 하는 것이 "비움의 철학"이란다.

맛과 향은 입에 넣어야 느껴지는 현재성이다. 그러나 "부드럽고 깊어진" 맛은 먼 시간에서 온다. 그래서 "찻잎 오래 묵을수록" 깊고 오랜 시간의 맛이 난단다. 그것이 차향의 "은은함"이다. 그런 차 맛이 봄을 맞는 오후와 눅눅함을 감싼다. 긴 시간의 향이 빈 오늘의 쓸쓸함이나 "눅눅함"을 위로하듯 부드럽게 눅여준다.

꼭 나이가 들어서 가을이 오는 소리가 쓸쓸하고 외로운 것은 아니다. 여름 끝자락의 풍경이 시인을 잡고 늘어진다.

여름 끝자락 물고
대숲 아래 숨어 흐느끼는 저녁
어둠을 가르고 얇게 썰어대는 소리
외롭다 울지 마라!
외로움은 너만이 아니잖니?
따스한 달빛으로 밤새 보듬어 주리라
사라져 가는 소리 밤하늘 맴돈다
철 이른 낙엽 하나 슬며시 곁에 앉는다

여름은 청춘이다. 청춘의 끝자락을 물고 사랑을 아파하는 것은 누구나 겪는 아픔이다. 그것이 저녁이 흐느낀다고 표현한다. "대숲 아래 숨어 흐느끼는 저녁." 그렇다 여름이 가면 가을이 오듯이 낮이 가면 밤이 온다. 그것을 푸른 "대숲 아래 숨어 흐느낀"다고 하는 이미지는 입체적이고 아름답다. 그 흐느끼는 소리를 듣고 댓잎이 "어둠을 가르고 얇게 썰어댄다." 혹은 씹어댄다. "외롭다 울지 마라!/ 외로움은 너만이 아니잖니?" 그렇다. 모든 존재에게는 축제가 끝나면 외로움이 온다.

이 시의 마지막 구절은 절구다! 초가을 풍경만이 아니다.

우주 만물의 따스한 우정이 느껴지기 때문이다. "철 이른 낙엽 하나 슬며시 곁에 앉는다." 시인의 심경을 자연 풍경과 함께 노래할 때 이렇게 풍경과 심경 사이 한 치 빈틈없는 연결의 공감대가 독자를 감탄으로 이끈다. 이쯤 되면 참으로 "낙엽 하나"도 무심치 않구나 하는 감탄이 나온다.

자연에 대한 사랑과 감정이 이 정도이다 보니, 절에 가서 보고 듣는 것도 만물 화답하는 소리이다.

새벽 밝히는
나옹스님의 독경소리
고요를 깨고 꽃들이 움을 튼다
개구리가 겨울잠에서 깨어나
목탁 두드리는 소리에
봄이 초록 옷을 입는다

솔솔바람에
청아한 풍경소리
구경 나온 사람들
생소한 소리에 귀가 트인다
여인들 등 뒤로
엉덩이 들썩이는 봄이 따라간다

극락세계 극락보전

촛불 밝혀 백팔번뇌 녹인다
아미타 부처님 앞에
엎드려 백팔 배 올린다
바램이 봄바람 타고
고요히 발우 안으로 담긴다

"나옹스님의 독경소리/ 고요를 깨고 꽃들이 움을 튼다"는 말은 말없이 불립문자(不立文字)의 깨달음으로 화답. "여인들 등 뒤로/ 엉덩이 들썩이는 봄이 따라간다." 여인들 엉덩이 들썩이는 게 보이는가 했더니 봄이 엉덩이를 들썩이며 따라간단다. 참으로 그럴 듯하다. 이 좋은 시절 봄바람 안 나는 여자 있는까?

박수여 시인의 세상 보는 눈은 가끔 웃지 못한 유모어를 내포한다. 할머니가 딸의 원피스를 몰래 입었다가 딸의 아들인 손주에게 혼나는 대목:

엄마 냄새

딸의 니트 원피스를 걸쳐 보았다
옆에서 보고 있던
네 살짜리 손주 녀석이 말한다
우리 엄마 옷이라고
할머니 내 옷이라구 억지를 부린다

손주 얼굴빛 붉으락푸르락
코를 큼큼 냄새 확인 한다
엄마 냄새가 난다구
우리 엄마 옷 맞다고
할머니는 냄새가 없단다
할머니 할 말이 없다
슬머시 걸친 옷 벗어
고사리 손 안으로 원피스 되돌려 준다
딸의 엄마 냄새 살짝 얹어서

우리 일상에서 흔히 일어날 수 있는 그럴만한 이야기이다. 손주 녀석의 열 받은 주장이 얼굴을 붉게 한다.

"코를 큼큼 냄새 확인한다/ 엄마 냄새가 난다구/ 우리 엄마 옷 맞다고/ 할머니는 냄새가 없단다."

그렇다. 할머니는 엄마 냄새, 여자 냄새가 없다. 이 슬프도록 정확한 말… 그 뒤 할머니의 이해심 많은 자세가 감동스럽다. 이 볼품없는 할머니도 한때는 "엄마"였단다 라는 말 대신, "딸의 엄마 냄새 살짝 얹어서" 문제의 니트 원피스를 되돌려주는 할머니다운 자혜로운 모습…

시가 별거냐? 살다보면 아프게 느끼는 것을 말없는 말로 쓰는 것이 시이다. 한 번은 아들과 증평 좌구산 흔들거리는 구름다리를 탔단다.

건강과 장수를 상징하는
거북이를 품고 있는 증평 좌구산
마른 나뭇가지 사그락 사그락
찬바람 시샘에 소리 지른다
골짜기 추위에 온몸 오들오들
갑자기 품안으로 파고드는 커다란 손
차가움에 놀라 소름이 도톨도톨
좌구산 구름다리 위에서
말없이 꼬옥 잡은 손과 손
흔들리는 현실이어도
안녕과 무지개를 약속한다

"골짜기 추위"에 "갑자기" 오들오들 떠는, 백 살을 먹어도 어린아이인 아들. 그 흔들리는 "좌구산 구름다리 위에서/ 말없이 꼬옥 잡은 손과 손"이 모자의 정과 유대와 손이다. 거기에서 우리 여러모로 어려워도 행복하게 희망을 가지고 살자고 하지 않는다. "흔들리는 현실이어도/ 안녕과 무지개를 약속한다."고 말한다. 이것이 시 쓰는 맛!

어디를 가도 무엇을 먹어도 없는 사람이 느껴지는 시인이 있다. 남편과 사별한지 10년이 되는 박 시인이다. 크래커를 먹어도 아이스커피를 마셔도 없는 사람이 보인다.

뜨거운 태양을

동그란 크래커와 함께 먹는다
개미들 줄지어 '영차영차'
가방에서 꺼낸 샌드위치와
바리스타 빈 아이스커피 마신다
죽은 자는 입이 없어
먹지도 못하고 말도 하지 못한다
살아있는 자 살아있기 위하여
입안으로 빵과 과자를 가득 넣는다
국수나무 흰 꽃이 배시시 웃는다
함께 할 수 있는 행복 내가 살아있음이다

그 맛이 행복인지 슬픔인지는 말할 수 없다. 다만 이 말할 수 없음을 쓰는 것이 시이다. 그것이 "살아있음"이니까.

그러다보면 자신이 "녹슨 난간"처럼 느껴질 때가 있다.

나이 먹은 석양
붉은빛 타고 넘어간다
녹슨 난간 모퉁이 기대어
꼬부랑 할머니 살아온 흔적
거친 바람과 함께 더듬는다

녹슨 난간 앞 손바닥만 한 신문지 위
온몸 하얗게 벗겨진 더덕들

수줍은 듯 한 움큼씩 올려져
더덕 향내로 자리 차지하고
합죽이 입 되어 손님을 부른다
얼굴엔 검버섯 꽃 만발하고
살에는 고추바람에
거북등같이 손 갈라져
혼자서는 일어서기 힘든 양
녹슨 난간 붙잡고 끙 일어선다

광채 났던 녹슨 난간
비바람에 쇳빛으로 퇴색하고
오랜 세월 모진 풍파에
부러지지 않고 수문장처럼
제자리를 지키고 있다

어떤 것이 "녹슨 난간"이고 어떤 것이 "꼬부랑 할머니"인지 묻지 않는다. 시인의 눈에는 둘 다 같이 보인다. "얼굴엔 검버섯 꽃 만발하고/ 살에는 고추바람에/ 거북등같이 손 갈라져/ 혼자서는 일어서기 힘든 양/ 녹슨 난간 붙잡고 끙 일어선다." 누가 누굴 잡고 일어서는지 모른다. 다만 "수문장처럼 /제자리를 지키고 있는" 모습이 저윽이 자랑스럽다.

부모가 되어보아야 자기 부모 마음을 안다고 한다. 가끔 거울을 보면 아버지 얼굴이 보이고 전화를 걸다보면 아버지 목소리가 내 귀에 들린다.

다시 거울을 보면
여전히 거울 속에 아버지가
허공에 미소 지으며 나를 바라본다
잘 살고 있냐고 물어보는 듯
무언의 대화가 빛바랜 눈빛으로 오가고 있다

박 시인도 이제 어른이 되어가나 보다. 육순의 할머니에게도 또 할머니가 있다. 할머니가 다 되어도 또 배워야 할 어른의 말이 있다.

요즈음 누가 솜이불 덮어요
모두 버릴 거예요
힘들게 만들지 마세요
철없는 육순의 딸 핀잔을 준다
어머니 주름진 입술로 말씀하신다
그래도 괜찮다 나도 생각이 있다

번쩍 번개가 머리를 스친다
아! 그게 아니었구나!
마지막 극락세계 가는 길
누추하게 보이고 싶지 않으셨나보다
깨끗한 꽃이불 한 채

손수 마련하시는 것을 자식들은 알려나?

울컥 눈물이 솟는다
하늘에 별들 꽃이 되어 쏟아진다

늙으면 눈물이 많아진다고 했던가? 어머니의 깊은 뜻과 마음이 짚어진다. "마지막 극락세계 가는 길/ 누추하게 보이고 싶지 않으셨나보다/ 깨끗한 꽃이불 한 채/ 손수 마련하시는"

이승과 저승이 우리에게는 다르지 않다. 무속에서는 저승 갈 노자 돈을 상여에 놓지 않는가? 저승 갈 때 "깨끗한 꽃이불 한 채" 가지고 가고 싶은 고운 마음이 아프도록 예쁘다. 그럴 때 하늘과 땅이 다르고 별과 꽃이 다르랴?

박수여 시인은 제사를 지낸다. 십여 년 전 사랑하는 사람이 저 세상으로 갔단다.

빈자리 십 년

째깍거리는 오메가 손목시계
기축년 선달 열여드레 날
갑자기 멈추어 섰다
건전지 갈아 끼워도
태엽을 다시 감아 주어도

소리는 더 이상 들리지 않는다
심장 고동소리 멈춰서고
그림자도 바람이 쓸고 간
다시 돌아오지 않는
빈자리 십 년
앙상한 나뭇가지 사이로
둥근달 하얗게 얼굴 내민다
달빛 향 내음 타고
창문사이로 비집고 들어와
그대 빈자리 앉는다
촛불이 파르르 떤다
그리움 하얀 촛농 되어 흐른다

더 이상 설명이 필요 없다. 제사의 모습이 눈에 생생하다. "달빛 향 내음 타고/ 창문사이로 비집고 들어와/ 그대 빈자리 앉는다." 하얀 촛농 되어 흐르는 것이 어찌 눈물뿐이랴!

그러나 항상 웃는 얼굴인 박수여 시인에게 또 다른 장기가 있다면 시 속에 나타나는 향기로운 웃음끼이다. 어릴 적 시골 외갓집에 놀러 갔던 시인은 옛날 농군들이 "똥장군"을 메고 아무렇지도 않은 듯 논두렁길을 가던 모습이 생각난다.

장군 중 장군

할아버지 지게에 올라 앉아
보물 대접 받는 장군
봄바람과 함께
노랑나비 앞세우고
당당하게 밭으로 외출 하신다
가로다지 볼록한 배불뚝이
자궁 같은 요새
좁은 아가리의 생김새
생활 속 숨결이 묻어나는 소박함
땅들은 깊은 숨
들이쉬고 내쉬고
뿌리를 토닥거려 감싸고
따가운 햇살과 어울리니
밭에 있는 작물 쑥쑥 솟아오른다
풍성한 가을 위해
지독한 냄새 입고 쓰고 안고
새 생명 뿌리를 뿌리로 살리는
비가 내려도 바람이 불어도
씩씩하게 땅으로 향하는
장군 중 장군 똥장군

이승길 저승길이 따로 없는 정성스러운 길 가기를 꽃할머니에게 배우듯 우리는 깨끗하다, 더럽다 가리지 않는 할아버지 똥장군 지게에서 차별지심差別之心을 넘어선 불심佛心

을 배운다. "지독한 냄새 입고 쓰고 안고/ 새 생명 뿌리를 뿌리로 살리는" 저 거룩한 발걸음을 아는가?

박수여 시인의 모든 할아버지 할머니가 눈물 나도록 거룩해진다. 여기 "6789부대", 할머니 부대가 나가신다.

목련꽃 쩍쩍 입 벌여
애기 같은 뽀얀 속살 내 비추는
기해년 사월 십삼일
6789부대가 창설되었다
60대 제일 졸병 이등병 기준으로
70대 손위 동서 부사관 상사
80대 손위 시누이 영관장교 중령.
90대 친정어머니 별 하나 단 장성
이빨 빠진 암호랑이 네 명으로 구성되었다
살아온 날수가 쭈글쭈글한 입가로 모여
말잔치 봄의 꽃 잔치보다 더 풍성하다
만나자 반갑다고 악수하고
구부러진 몸매 서로 껴안고 구호 외친다
다리엔 휘어진 훈장을 달고
움직일 때마다 추임새소리 곁들인다
늙은 여군들 지프차에 싣고
특별휴가 제부도로 달린다
부대원들 기세에 눌려 바닷물 놀라

하얀 물살 가르며 바닷길 내어준다
부서지는 파도소리도 동참한다
갈매기 저공비행하여
꽈아오 꽉꽉 꽈아오 꽉꽉 나팔 불며
여성 부대원들에 거수경례 한다
군함 카페 안 카푸치노 커피내음과
하트무늬에 환호성 보낸다
피로 나눈 전우 한번 전우는 평생 전우
봄이 꽃향기로 입영을 환영한다

자세히 보면 이것은 "한번 해병은 영원한 해병"보다 무서운 봄을 다시 정복하기로 나선 회춘부대回春部隊이다. 옛날에는 이게 무슨 광대놀이냐고, 점잖을 빼고 얌전을 부리면서 물러앉았을 군상들이다. 이제는 기어이 놓친 젊음을 되찾고 인생을 즐기자는 우수꽝스러우리만큼 진지한 마음들이다.

다음은 이 시집의 제목이기도 한 "반쪽 눈으로 보는 세상"을 읽어보자.

오른쪽 눈 동공
하얀 그림자에 가리어 흐릿하다
쉬었다 가라는 신호인가?
반쪽 눈으로

바라보는 세상 낯설다
찡긋 감긴 눈
윙크하는 줄 알고
지나가는 사람 눈으로 화답한다

뭇 글자에서 물러난
해탈한 망막
부어서 항의하여 멀겋게 일어난다
번뇌도 동반한다
안압이 상승한다
가라앉을 기미가 없다

반쪽 눈으로 보는 세상
반쪽 눈으로 보이지 않는 세상
감각이나 마음으로 본다
상상의 날개 네비게이션 달고
앞장서서 안내 한다
날마다 깜빡깜빡 반쯤 눈감고
세상과 교감하며
살라고 넌지시 일러준다
빈 나뭇가지 끝에 매달린 눈동자
햇빛이 환하게 웃는다

금세기 가장 유명한 세계적 시인 호르헤 루이스 보르헤

스(Jorge Luis Borges)는 소경이었다. 이 아르헨티나 시인은 "이 책의 도시에/ 나의 이 빛을 잃은 눈을 주인 되게 하신" 신의 "은혜"에 감사드린다고 "은혜의 시"에서 말한다. 눈에 보인다고 세상을 볼 수 있는 것은 아니기 때문이다. 더구나 세상이라는 책은 읽을수록 보이지 않는 미궁이다. 따라서 차라리 안 보이게 하신 은혜가 세상을 더욱 진지하게 바라보게 한 기회를 주신 것일 수 있다.

그리스 철학자 디오게네스는 대낮에 아테네 시내를 등불을 들고 돌아다녔다고 한다. "양심이 살아있는 정직한 사람을 찾으려"고 말이다. 오늘 우리 정치가들처럼 모두 다 양심이 바르고 국민을 위해서 일한다고 말할 때 알렉산더 대왕을 가르친 이 위대한 철학자가 생각난다. 많은 사람들이 무지의 어둠 속을 헤매고 사는 세상을 빗대어 디오게네스의 등불은 영원히 빛날 것이다.

박수여 시인은 실제로 한 쪽 눈이 잘 안 보이게 되었다. 몇 번 수술을 해도 시원치 않다고 했다. 내가 "게슴츠레"라고 애칭을 붙일 정도로 눈 때문에 쩔쩔 맨다. 그래서, "찡긋 감긴 눈/ 윙크하는 줄 알고/ 지나가는 사람 눈으로 화답한다"고 익살스럽게 받아넘긴다. 그리고 "반쪽 눈으로 보는 세상/ 반쪽 눈으로 보이지 않는 세상"을 본단다. 그렇다면 다 보인다고 착각하는 오늘의 뭇 군상들보다는 양심적이다. 보르헤스를 따르면 이제는 세상을 자연스럽게 미스테리나 "미궁"으로 보게 되었으니 참으로 진지한 사색가가 되었다고.

박수여 시인은 이제 시인이 "감각이나 마음, 상상"으로 보는 총체적 실체임을 안다. 눈으로 볼 수 있는 세상은 겉껍질뿐. 우리는 느낌과 마음, 꿈으로 현상 세계와 우주의 세계를 본다. 이제 보이는 세계와 보이지 않는 세계가 총체로 존재함을 안다. 다 보고 알고 싶은 욕심부터 쓸데없는 욕심을 다 비우고 나니, "빈 나뭇가지 끝에 매달린 눈동자"가 되었다. 그런데 마음까지 비추는 빛, "햇빛이 환하게 웃는다."

박수여 시인의 첫 시집 출간을 진심으로 축하한다.

박수여 시집
반쪽 눈으로 보는 세상

초판 인쇄 2020년 8월 18일
초판 발행 2020년 8월 31일

지은이 박수여
펴낸이 朴明淳
펴낸곳 문학시티

주 소 100-015 서울시 중구 창경궁로 1가 29 (3F)
전 화 02-2272-2549
이메일 munhakmedia@hanmail.net
제작공급처 정은출판

ISBN 978-89-91733-66-4 (03810)
값 11,000원

* 이 책의 제작비 중 일부는
안산시 문화예술진흥기금을 받아 제작되었습니다.